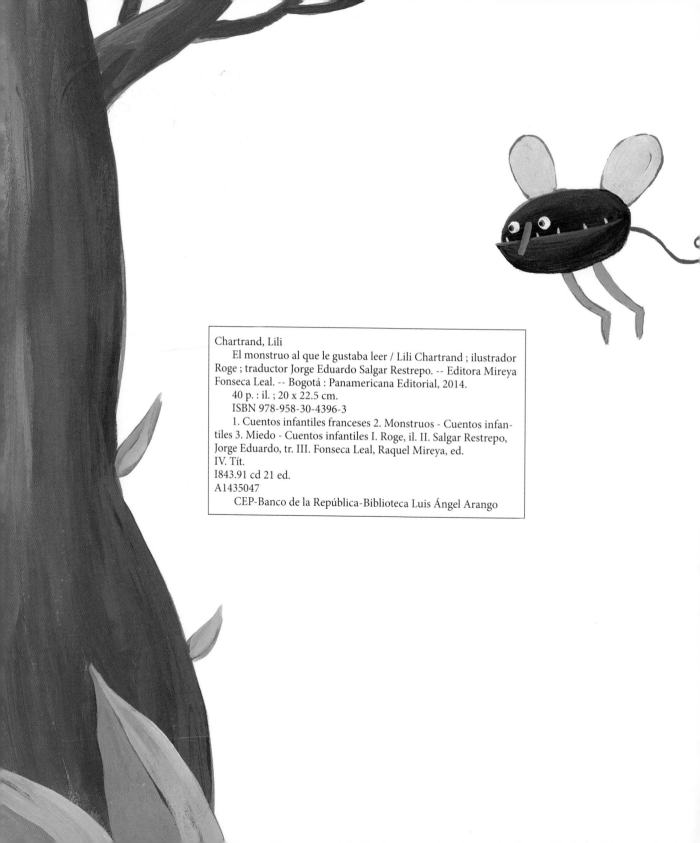

Chartrand, Lili
    El monstruo al que le gustaba leer / Lili Chartrand ; ilustrador Roge ; traductor Jorge Eduardo Salgar Restrepo. -- Editora Mireya Fonseca Leal. -- Bogotá : Panamericana Editorial, 2014.
    40 p. : il. ; 20 x 22.5 cm.
    ISBN 978-958-30-4396-3
    1. Cuentos infantiles franceses 2. Monstruos - Cuentos infantiles 3. Miedo - Cuentos infantiles I. Roge, il. II. Salgar Restrepo, Jorge Eduardo, tr. III. Fonseca Leal, Raquel Mireya, ed. IV. Tít.
I843.91 cd 21 ed.
A1435047
    CEP-Banco de la República-Biblioteca Luis Ángel Arango

El monstruo
al que le gustaba LEER

Primera edición en Panamericana Editorial Ltda.,
junio de 2014
Título original: *Le gros monstre qui aimait trop lire*
© Texto Lili Chartrand
© Ilustraciones Rogé
© Dominique et Compagnie, una División de Les
Éditions Héritage, Saint-Lambert, Canadá, J4R 1K5
©2014 Panamericana Editorial Ltda de la traducción
al español
Calle 12 No. 34-30, Tel.: (57 1) 3649000
Fax: (57 1) 2373805
www.panamericanaeditorial.com
Bogotá D. C., Colombia

Editor
Panamericana Editorial Ltda.
Edición
Raquel Mireya Fonseca Leal
Traducción del francés
Jorge Eduardo Salgar
Diagramación
Martha Cadena / Alejandra Sánchez

ISBN 978-958-30-4396-3

Impreso por Panamericana Formas e Impresos S. A.
Calle 65 No. 95-28, Tels.: (57 1) 4302110 / 4300355. Fax: (57 1) 2763008
Bogotá D. C., Colombia
Quien solo actúa como impresor.

Impreso en Colombia - *Printed in Colombia*

Texto: Lili Chartrand – Ilustraciones: Rogé

El monstruo
al que le gustaba LEER

EDITORIAL

A **Beatrice,** Lili
A **Marilou,** tío Rogé

Había una vez un gran monstruo temible,
sucio y malo. Vivía en un inmenso bosque
que, a veces, los humanos visitaban.

El trabajo del gran monstruo era espantar
a los intrusos exclamando un terrible grito.
Escondido detrás de un viejo roble, se moría
de la risa cuando veía a los humanos correr
a toda velocidad hacia el límite del bosque.

Una tarde, el monstruo se aburría detrás de su roble. Desde la mañana no había tenido a un solo visitante. De repente, vio a una pequeña niña. Esta fue a sentarse sobre una roca, y sacó un libro de su maletín.

El monstruo lanzó un terrible grito que espantó a todos los pájaros. Pero la pequeña niña continuaba inclinada sobre su libro, cautivada por la historia. ¡El gran monstruo, furioso, tomó aire profundamente y exclamó el más terrible grito de su repertorio! La niña tuvo tanto miedo que dejó caer el libro y escapó a toda velocidad.

El monstruo no podía de la risa. Estaba muy orgulloso de su grito: ¡jamás había sido tan poderoso! ¿Sería a causa del lobo que había comido al almuerzo? Se aseguró de que nadie venía y trotó hacia el libro, pues le causaba mucha curiosidad. JAMÁS había tenido que gritar DOS veces para espantar a un intruso. ¿Ese objeto era mágico o qué? Tomó el libro, lo tocó, lo lamió y lo acarició. ¡Pero no tenía ningún sabor!

Furioso, el monstruo tiró con rabia el libro al suelo. Este se abrió, revelando magníficas imágenes coloridas. Curioso, el gran monstruo volvió a tomar el libro y pasó lentamente las páginas.

Fascinado por las ilustraciones, lo llevó consigo a su cueva.

Abuelita Dragón se paseaba cerca de la cueva del monstruo
cuando percibió una luz. Intrigada, entró a la casa del monstruo.

—¿Qué haces ahí? —preguntó ella—.
Deberías estar vigilando el bosque.

—Eh… ¡encontré esto, y no puedo evitar mirarlo!
—exclamó el gran monstruo mostrándole el libro.

—¡Oh, qué bello libro! Conozco esa historia. ¡Es maravillosa!

—¿Un libro? —repitió el monstruo.

—Así es… ¡tú ni sabes qué es un libro! —suspiró la vieja dragona.

Abuelita Dragón le explicó al monstruo que las pequeñas manchas negras que acompañaban los dibujos eran las letras. Estas formaban las palabras, y luego las frases que componían la historia.

—¡Oh, quiero saber qué cuenta el libro! —exclamó el gran monstruo.

—¿En serio? Te puedo enseñar a leer, eso me dará mucho gusto —declaró Abuelita Dragón.

De todo el grupo de monstruos, la vieja dragona era la única que sabía leer. Sus compañeros eran muy perezosos. Solo querían comer, dormir y aterrorizar a las pobres personas. Pero el gran monstruo siempre fue más curioso que los otros…

De esta manera comenzó el aprendizaje. Todas las mañanas, iba a la casa de Abuelita Dragón, quien le enseñaba el alfabeto. ¡El gran monstruo quería conocer la historia, y aprendió a leer muy rápido!

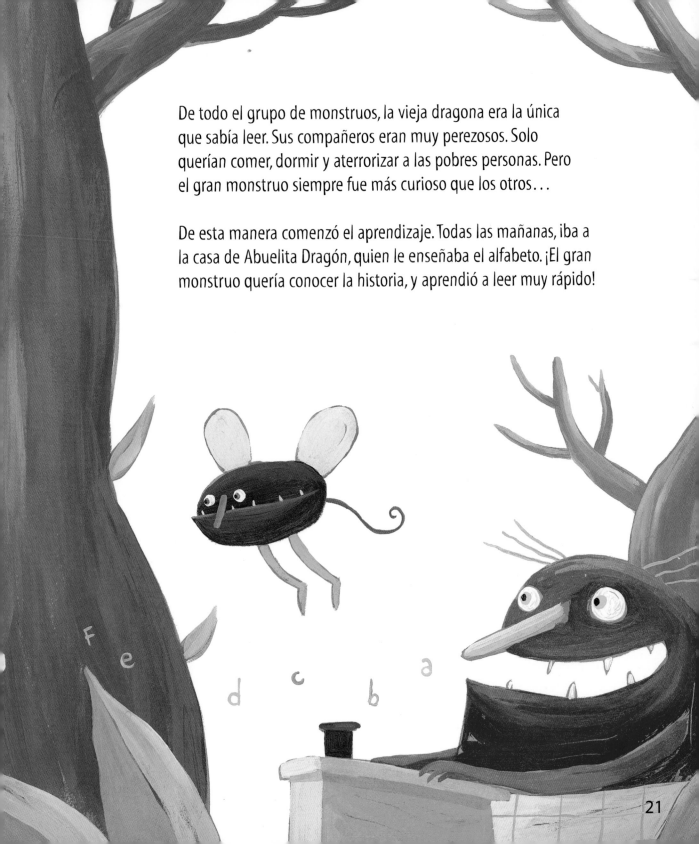

Desde que el monstruo aprendió a leer, solo hacía eso. Escondido detrás de su roble, ya no se tomaba el trabajo de gritar cuando veía a un humano atravesar la frontera del bosque. Estaba muy ocupando leyendo su libro. Él lo volvía a leer una y otra vez.

Una mañana, el monstruo fue convocado al
Gran Consejo de los monstruos.

—¡Ya no haces tu trabajo, entonces estás desterrado del clan!
—rugió el jefe de los monstruos. —¡No te quiero ver por acá!

Abuelita Dragón imaginó que el gran monstruo estaría llorando
en su cueva, y fue a hacerle visita para reconfortarlo. ¡Sorpresa!
Él leía tranquilamente, bajo la luz de un pequeño fuego.

Contenta de ver cómo a su compañero le gustaba leer, Abuelita
Dragón le dio a escondidas otros libros, todos maravillosos.
¡El monstruo estaba, finalmente, feliz de la suerte que tenía!

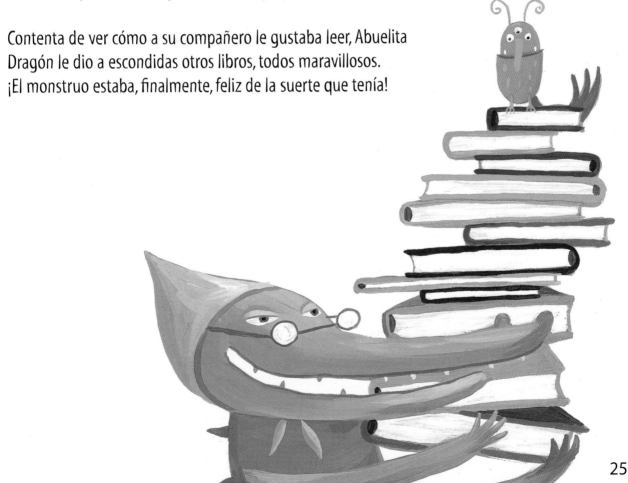

Una tarde, el amigo del gran monstruo,
el monstruo de dos cabezas, entró a la cueva.

—¿Me quisieras leer una historia?
—le pidió, agachando sus cabezas.

—¡Oh, claro que sí! —exclamó el gran monstruo,
feliz de volver a ver a su camarada.

Conocía tan bien la historia de su libro, que la relató
de forma magistral. El monstruo de dos cabezas
partió a su casa, con los cuatro ojos brillando…

La tarde siguiente, el monstruo de dos cabezas
regresó a la cueva con el monstruo pustuloso. Este
tenía una gran curiosidad de escuchar la historia
que había hecho soñar a su compañero.

Esa noche, tres pares de ojos observaron leer
al gran monstruo. El día siguiente, cuatro.
El siguiente ¡doce pares lo observaban! De repente,
un decimotercer par de ojos apareció…

¡Era el jefe de los monstruos en persona! Todos
los monstruos se sorprendieron de verlo, pero
nadie dijo nada, pues sus cóleras eran terribles.

En un rincón de la cueva, Abuelita Dragón reía sin parar.
¿Qué había sucedido con esos terribles monstruos que
espantaban al bosque entero con sus atroces gritos? La vieja
dragona solo escuchaba los "¡Oh!" y los "¡Ah!" de sorpresa.

Fue así como una respiración llamó su atención: ¡el jefe de los
monstruos, emocionado, se sonaba el hocico con una gran
hoja de roble! Abuelita Dragón quedó con la boca abierta.

A partir de ese día memorable, los monstruos tienen la cabeza tan llena de bellas imágenes y de maravillosas historias, que olvidan hacer su trabajo.

Escondidos en la profundidad del bosque, ya no sienten ganas de asustar a los humanos. Siempre están con la cabeza en la luna, imaginando a bellas princesas siendo rescatadas por valientes monstruos eh, perdón, por valientes caballeros…

En cuanto al gran monstruo, este pasa sus días leyendo, escondido detrás de su viejo roble. Es el único que continúa espiando a los visitantes, pero no es para asustarlos...

El gran monstruo desea, por encima de todo, volver a ver a la pequeña niña. ¡Gracias a ella descubrió un mundo tan bello!

Entonces, el gran monstruo dejó el libro de la niña cerca de la roca donde lo encontró. Luego, dejó sobre este una piedra plana con forma de corazón...

¿Quizás así su deseo se hará realidad?